Meinen wunderbaren Söhnen Lucas,
Garrit und Connor. H. W.

Für Wilma und William. A. S.

Anu Stohner ✩ Henrike Wilson

Der kleine Weihnachtsmann ganz groß

Carl Hanser Verlag

Weit, weit im Norden, zwischen Seen und Bergen liegt das Dorf, in dem die Weihnachtsmänner wohnen. Dort lebte auch der kleine Weihnachtsmann. Er backte Plätzchen und bastelte Geschenke wie die großen Weihnachtsmänner, nur brachte er sie nicht den Kindern, denn er war der Weihnachtsmann der Tiere. Denen brachte er die Geschenke in den Wald und in die Stadt, je nachdem wo sie wohnten. Nur ein einziges

Mal war der kleine Weihnachtsmann auch bei den Menschenkindern gewesen. Das war in dem Jahr, als alle großen Weihnachtsmänner krank wurden und im Bett bleiben mussten. Mit Weihnachtspusteln, schlimm! Nur er und der Oberweihnachtsmann hatten da auf die große Reise gehen können – anstrengend war das gewesen, aber wunderschön.

Manchmal, in der Vorweihnachtszeit, wenn im Backofen die Plätzchen backten und er nur warten musste, bis sie schön knusprig waren, saß der kleine Weihnachtsmann in seinem bequemen Schaukelstuhl, schloss die Augen und dachte an die längst vergangene Reise. Dann lag auf seinem Gesicht ein seliges Lächeln.

So war es auch an dem Abend, als ihm plötzlich einfiel, dass er ja noch zum Nachbarweihnachtsmann hinüberwollte, Puderzucker leihen für die Glasur. Seufzend stand er auf, zog die warmen Stiefel an und ging aus dem Haus.

Aber seltsam: Das Nachbarhaus lag dunkel. Und das Haus daneben auch. Das ganze Dorf lag dunkel. Und mucksmäuschenstill. Nur in einem einzigen Haus brannte Licht: in dem des Oberweihnachtsmanns. Dahin ging der kleine Weihnachtsmann, aber ihm war gar nicht wohl dabei. Was hatte das alles zu bedeuten? Waren die großen Weihnachtsmänner etwa wieder krank geworden? Hatten sie womöglich wieder

Weihnachtspusteln? Aber warum brannte dann beim Oberweihnachtsmann Licht und nicht beim Doktor oder im Krankenhaus? So überlegte der kleine Weihnachtsmann. Dann hatte er das Haus des Oberweihnachtsmanns erreicht und klopfte.

Es dauerte nicht lange, bis einer der großen Weihnachtsmänner öffnete. Durch die offene Tür drang der Lärm von vielen Weihnachtsmännern, die durcheinanderreden. ☆ »Wer ist da?«, hörte der kleine Weihnachtsmann die Stimme des Oberweihnachtsmanns, die alle anderen übertönte. ☆ »Niemand«, rief der große Weihnachtsmann ins Haus zurück. Dann schaute er nach unten. »Oder doch«, rief er. »Der kleine Weihnachtsmann.« ☆ »Er soll in einer Stunde wiederkommen«, hörte der kleine Weihnachtsmann den

Oberweihnachtsmann rufen. ✩ Dann war die Tür wieder zu, und der Lärm der vielen Stimmen war nur noch ein fernes Murmeln. Der kleine Weihnachtsmann stand wie vom Donner gerührt. Was war das denn jetzt gewesen? Was machten die da drinnen, dass er nicht dabei sein sollte? Der kleine Weihnachtsmann spitzte die Ohren, ob er vielleicht verstehen konnte, was sie redeten, aber da war nichts zu machen.

Was sie drinnen im Haus redeten, hörte der kleine Weihnachtsmann nicht. Aber dass sie ein paarmal lachten, das hörte er genau. Worüber lachten die wohl? Fanden die es komisch, dass sie drinnen im Warmen saßen und er draußen in der Kälte stand? Das war überhaupt nicht komisch. Außerdem lachte man nicht über Weihnachtsmänner, die nicht da waren. Dass sich das nicht gehörte, lernte man schon in der Weihnachtsmannschule. Aber schön, sollten sie ruhig über ihn lachen! Wahrscheinlich waren sie nur

sauer, weil er wieder mal der Erste war, der seine Plätzchen backte. Und wie war das neulich, als er sich schon bei den ersten weißen Flocken sein Weihnachtsbäumchen aus dem Wald geholt hatte? Die Augen hatten sie verdreht und waren lieber Schlittschuh gelaufen. Ach, sollten sie ihm doch alle den Buckel runterrutschen! – So dachte der kleine Weihnachtsmann, als er es drinnen wieder lachen hörte. Dann ging er still davon.

Traurig stiefelte der kleine Weihnachtsmann zu seinem Haus, aber er ging nicht hinein. Da drinnen würde ihm jetzt nur die Decke auf den Kopf fallen. Und die Lust am Plätzchenbacken war ihm sowieso vergangen. Konnte es denn falsch sein, wenn man mit seiner Arbeit früh genug anfing?, überlegte er. Und half er nicht manchmal den anderen, wenn er früher fertig war als sie? – So viele Fragen gingen dem kleinen Weihnachtsmann durch den Kopf, dass er gar nicht merkte, dass er längst aus dem Dorf heraus und am

Rand des Waldes angekommen war. Dort saß hoch oben auf ihrem Lieblingsbaum die Eule. ☆ »Guten Abend, alter Freund«, sagte die Eule. »Wohin des Wegs?« ☆ »Ach, nirgendwohin«, antwortete der kleine Weihnachtsmann und klang dabei so traurig, dass die kluge Eule sofort wusste, dass hier jemand war, der Hilfe brauchte. »Willst du mir sagen, was du auf dem Herzen hast?«, fragte sie. ☆ Da fing der kleine Weihnachtsmann an zu erzählen.

»Auweia!«, seufzte die Eule, als der kleine Weihnachtsmann geendet hatte. Und dann rief sie die Tiere zusammen. »Schuhuuuh!«, rief sie, und alle, alle kamen. ☆ »Es ist gemein, gemein, gemein«, keckerte das Eichhörnchen, als die Eule erzählt hatte, was dem kleinen Weihnachtsmann passiert war. ☆ »Mich fröstelt, wenn ich so was höre«, murmelte das Murmeltier und drückte die Wärmflasche an sich, die ihm der kleine Weihnachtsmann vorletztes Jahr gebracht hatte. ☆ »Die knöpf ich mir vor!«, brummte der große

starke Bär. ✩ »Ich bin dabei!«, knurrte der Elch mit den großen Schaufeln. ✩ Aber die kluge Eule hatte eine bessere Idee. »Wir kommen mit, wenn du gleich wieder hingehst«, sagte sie. »Wenn jemand weiß, dass du der beste Weihnachtsmann der Welt bist, dann wir. Das sagen wir ihnen, dann werden wir ja sehen.« ✩ So war es auch dem kleinen Weihnachtsmann recht. Und darum wurde es so beschlossen.

Der kleine Weihnachtsmann ging voran. Dahinter kamen der Bär und der Elch und die anderen. Hoch über ihren Köpfen flog die Eule, und manchmal schaute der kleine Weihnachtsmann zu ihr auf. Manchmal schaute er auch zurück zum Bären und zum Elch und allen anderen. Es war schön, so gute Freunde zu haben. Da ging es einem gleich viel besser. Aber ein bisschen mulmig war dem kleinen Weihnachtsmann trotz allem. ☆ »Ein falsches Wort, und ich knöpf sie mir doch vor, darauf kannst du dich verlassen!«,

hörte er den Bären brummen. ✩ »Ich bin dabei!«, knurrte der Elch. ✩ Dann hatten sie das Haus des Oberweihnachtsmanns erreicht. Es war genau eine Stunde vergangen, als der kleine Weihnachtsmann zum zweiten Mal an diesem Abend an die Tür klopfte. Er zögerte erst, aber als die Eule ihm aufmunternd zunickte, tat er es doch.

»Ist er wieder da?«, hörte der kleine Weihnachtsmann die Stimme des Oberweihnachtsmanns, als derselbe große Weihnachtsmann wie vorhin die Tür öffnete. ✩ »Nein«, sagte der große Weihnachtsmann. Dann schaute er nach unten. »Oder doch.« ✩ »Er soll reinkommen!«, rief der Oberweihnachtsmann. ✩ »Äh«, sagte der große Weihnachtsmann, »ich glaube, das wird nicht gehen.« ✩ »Und warum nicht?« ✩ »Er hat Besuch mitgebracht. Kommt raus und seht selbst!« ✩ Da kamen sie alle nach draußen, sogar der Ober-

weihnachtsmann. Der kam zuletzt. »Na, das nenne ich eine Überraschung!«, sagte er, als er die Tiere sah. »Aber ihr kommt gerade richtig.« ☆ »Da sind wir aber mal gespannt«, brummten und knurrten der Bär und der Elch. ☆ Und dann begann der Oberweihnachtsmann zu sprechen. »Liebe Weihnachtsmänner, liebe Tiere«, begann er, »wie ihr alle wisst, bin ich nicht mehr der Jüngste. Da wird es Zeit, Platz zu machen und einen Nachfolger zu bestimmen, der allen anderen Weihnachtsmännern ein Vorbild sein soll und …

… den alle anderen Weihnachtsmänner achten und lieben. – Lieben, jawohl«, bekräftigte der Oberweihnachtsmann nach einer kleinen Pause. »Darum sind wir heute zusammengekommen, und zu meiner großen Freude habt ihr alle meinem Vorschlag zugestimmt. Mein Nachfolger und neuer Oberweihnachtsmann ist – der kleine Weihnachtsmann!« ✩ Für einen kurzen Augenblick herrschte Stille, doch dann brach ein unbeschreiblicher Jubel los. ✩ »Hoch soll er leben!«, riefen die großen Weihnachtsmänner. ✩

»Hoch, hoch, hoch!«, riefen die Tiere. ✩ ✩ ✩ Erst als sie schon lange bei Plätzchen und Glühwein drinnen in der guten Stube feierten, brummte der Bär: »Ein falsches Wort, und ich hätte sie mir vorgeknöpft!« ✩ »Und ich wäre dabei gewesen!«, knurrte der Elch. ✩ Da war es schon fast Mitternacht, aber nach Hause gingen sie alle noch lange nicht.

Und der neue Oberweihnachtsmann? Der war zwischendurch schnell nach Hause gelaufen, weil ihm plötzlich seine Plätzchen wieder eingefallen waren. Aber es war viel zu spät: Sie waren alle schon ganz schwarz verbrannt. So was war ihm im ganzen Leben noch nicht passiert! – Und danach? Danach überlegte er noch lange, wie er sich nur so unnötig Sorgen hatte machen können. Und natürlich wurde er ein genauso tüchtiger Oberweihnachtsmann, wie es alle von ihm erwartet hatten, einer, der sich um alles

kümmerte und der stets da war, wenn ein Weihnachtsmann mal Kummer hatte. Nicht oft, aber immer mal wieder ging er mit auf die Reise zu den Menschenkindern. Dann musste einer der großen Weihnachtsmänner zu den Tieren, aber das machte denen nichts aus. Sie wussten, dass der Oberweihnachtsmann persönlich ihre Geschenke ausgesucht hatte, denn das ließ er sich nicht nehmen.

Nur den Sessel, den ihm der alte Oberweihnachtsmann überlassen hatte, fand der kleine Weihnachtsmann immer ein bisschen zu groß. Trotzdem musste er darin sitzen, wenn jemand mit ihm reden oder ihn um Rat fragen kam. Der Oberweihnachtsmann saß im Oberweihnachtsmann-sessel – so war das seit Urzeiten bei den Weihnachtsmännern, da konnte man nichts machen.

Anu Stohner, geboren 1952 in Helsinki, lebt als freie Autorin und Übersetzerin in München. Im Hanser Kinderbuch erschienen bereits drei große Bücher vom kleinen Weihnachtsmann: *Der kleine Weihnachtsmann* (2002), *Der kleine Weihnachtsmann geht in die Stadt* (2004) und *Der kleine Weihnachtsmann reist um die Welt* (2007). Ebenfalls bei Hanser erschienen das Gutenachtbuch *Gute Nacht, Sterne!* (2008) und die Bücher vom Schaf Charlotte: *Das Schaf Charlotte* (2005) und *Charlotte und die Wölfe* (2009).

Henrike Wilson, geboren 1961 in Köln, studierte dort und in den USA Grafik-Design und Malerei. Heute lebt sie als freie Illustratorin im Taunus. Mit Anu Stohner arbeitete sie schon bei allen oben genannten Büchern zusammen. Für das Hanser Kinderbuch illustrierte sie außerdem Geschichten von Jostein Gaarder und Rafik Schami. Die New York Times zeichnete *Das Schaf Charlotte* als eines der bestillustrierten Bücher des Jahres 2005 aus. Den kleinen Weihnachtsmann und das Schaf Charlotte kennen inzwischen Kinder in England, Frankreich, Holland, Japan, den USA und vielen anderen Ländern.

Die Rechtschreibung in diesem Buch entspricht
den Regeln der neuen Rechtschreibung.

Unser gesamtes lieferbares Programm und viele andere Informationen
finden Sie unter www.hanser-literaturverlage.de

1 2 3 4 5 14 13 12 11 10
ISBN 978-3-446-23594-6

Lithos: Fotosatz Amann, Aichstetten
Druck und Bindung: Proost, Turnhout
Printed in Belgium